COLECCIÓN
LITERARIA INFANTIL Y JUVENIL

COLECCIONES

Colección Ejecutiva
Colección Superación Personal
Colección New Age
Colección Salud y Belleza
Colección Medicina Alternativa
Colección Familia
Colección Literatura Infantil y Juvenil
Colección Didáctica
Colección Juegos y Acertijos
Colección Manualidades
Colección Cultural
Colección Espiritual
Colección Humorismo
Colección Aura
Colección Cocina
Colección Compendios de bolsillo
Colección Tecniciencia
Colección Esoterismo
Colección con los pelos de punta
Colección VISUAL
Colección Arkano
Colección Extassy

Nélida Galván

Cuentos de la tradición mexicana

SELECTOR
actualidad editorial

SELECTOR
actualidad editorial

Doctor Erazo 120 Tels. 588 72 72
Colonia Doctores Fax: 761 57 16
México 06720, D.F.

CUENTOS DE LA TRADICIÓN MEXICANA

Diseño de portada: Eduardo Chávez
Ilustración de interiores: Modesto García

Copyright © 1999, Selector S.A. de C.V.
Derechos de edición reservados para el mundo

ISBN: 970-643-187-X

Séptima reimpresión. Agosto de 2002

Contenido

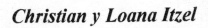

Christian y Loana Itzel

Introducción

éxico está lleno de magia y tradiciones, éstas se encuentran presentes en los pueblos, en la gente, pero sobre todo en sus cantares, poemas y relatos, los cuales expresan un profundo sentido poético.

En este libro están reunidos para ti sólo algunos de esos relatos; en ellos, los hechos se mezclan con las interpretaciones que dan los hombres. Por medio de dichas interpretaciones se pueden explicar ciertas cosas, como por ejemplo, el origen de algunos elementos de la naturaleza, como la luna, el sol o alimentos como el maíz, tan importante en la dieta de todos nosotros; o el de algunas plantas originarias de México que tienen tanta popularidad en el mundo entero.

También encontrarás algunos relatos que tienen como personajes principales a animales, y es que para nuestros antepasados indígenas los animales eran deidades otorgadoras de beneficios para los hombres.

Después, con la aparición de la raza que somos ahora, esos relatos originaron diferentes formas de pensar y costumbres variadas. Estas narraciones fantásticas, que unen lo humano y lo divino, invitan a recrear los sueños.

Tal vez tus abuelos o tus padres te han contado alguna historia que sucedió hace mucho tiempo en el lugar donde nacieron; te invito a que la escribas y la compartas con más niños como tú. Y en caso de que no te hayan contado alguna, pregúntales y verás que ellos tienen una historia por ahí guardada, después de que la escuches estarás de acuerdo conmigo de que México es magia y tradición.

PARTE
I

El tlacuache y el coyote

se día el coyote no se podía explicar por qué estaba de tan mal humor, pensó que tal vez si hiciera algo diferente a su rutina: caminar por todo el monte en busca de una buena presa para comer, le cambiaría su ánimo. Recordó al tlacuache quien siempre abusaba de su buena voluntad, haciéndole bromas pesadas en las que él sin remedio caía redondito. Pensaba en todo lo que el tlacuache le había hecho, cuando de repente, a lo lejos, lo vio

echado de espaldas, con las patas apoyadas contra la peña; estaba ahí, descansando tranquilamente, con cara de placer contemplando el paisaje.

El coyote caminó hacia él, decidido a no perderse la oportunidad de vengar viejos agravios. Eran tantas las ocasiones en que el tlacuache se había burlado de él, como aquel día en que le dijo que la luna lo mandaba llamar, que subiera a lo más alto del cerro y ahí la encontraría esperándolo. Cuando el coyote subió se dio cuenta que la luna se encontraba en otro cerro y corrió hacia el otro cerro y la luna ya estaba en otro, el coyote, desconcertado, se dio cuenta del engaño hasta que vio al tlacuache riendo gracias a su treta, al coyote no le quedó más remedio que aceptar que lo habían engañado. Una vez el tlacuache le avisó que un coyote se encontraba en apuros, pues había caído en un estanque y necesitaba que alguien lo ayudara, obviamente el coyote corrió y al asomarse en el estanque vio la cara de un coyote que en el primer momento le pareció asustado, luego un poco grosero, pues hacía las mismas muecas que él; le ofreció ayuda pero el coyote en apuros sólo lo remedaba, entonces se dio cuenta que eso que él veía en el agua no era más que su propio reflejo; a lo lejos se oyeron unas carcajadas y corrió para agarrar a ese tlacuache bribón y comérselo de un bocado. Así que ahora, que lo encontraba, le cobraría todas juntas.

—Ahora sí te voy a comer —le aseguró el coyote.

—Pero, compadre, ¿por qué? ¿Acaso no ves que estoy sosteniendo el cielo? Es una tarea muy difícil y si no la hago se nos viene encima y nos aplasta a todos. Por qué no me ayudas, quédate en mi lugar mientras yo voy por una viga, si la colocamos, nadie se cansará y todos quedaremos salvados.

El coyote miró hacia el cielo y pensó que si se les venía encima no quedaría nada de él. Muy asustado, aceptó colocarse en la misma posición en la que estaba el tlacuache, apoyó las patas contra la peña y con mucha fuerza presionó para que no le ganara el peso del cielo.

—Aguanta hasta que venga, compadre, en cuanto encuentre una viga lo suficientemente fuerte regresaré. Ahora préstame tu machete para cortar la viga —le pidió el tlacuache.

—Claro, tlacuache, pero vete rápido —contestó el coyote—, esto está más pesado de lo que imaginé.

El tlacuache salió disparado, mientras el coyote se quedó ahí, patas arriba. Pasaron las horas y el tlacuache no regresaba, el coyote ya estaba muy cansado, sentía que no podía aguantar más.

—¿Qué andará haciendo ese tlacuache bandido que no viene? Me dejó sosteniendo el cielo y si me quito nos aplastará —protestaba el coyote.

Siguió esperando sin moverse, pero pronto sintió como un cosquilleo en las piernas que comenzaron a temblarle. Ahora sí ya no podía más, el cansancio lo invadía y comenzaba a sentir un hambre terrible. Ese día no había probado alimento alguno y el frío comenzaba a calarle hasta los huesos. Miró hacia el cielo y pensó que si lo soltaba las estrellas con sus puntas filosas caerían sobre él como dagas, pero aunque su final sería trágico, ya no pudo posponerlo más. Extendió sus piernas y cerró los ojos esperando una tragedia, pero cual fue su sorpresa que no sintió nada, excepto que sus piernas descansaron; se decidió a abrir muy lentamente los ojos, poco a poco descubrió que el cielo estaba en su lugar, ni siquiera una estrella se había desprendido y la luna llena brillaba con todo su resplandor.

Se dio cuenta de que no pasaba nada y se sintió el más tonto de todos los tontos del mundo. Otra vez el tlacuache lo había engañado. Se fue entonces a buscarlo enfurecido.

Después de mucho caminar lo encontró en la punta de un alto peñasco, comía tempisques a la luz de la luna. En cuanto el tlacuache lo vio,

simuló que contaba las semillas de los tempisques que se había comido.

—¡Así quería agarrarte, bribón! —gritó el coyote—, esta vez me las pagarás todas juntas.

—Pero, compadre —contestó el tlacuache—, mira lo que encontré, ¡es dinero! —hizo una seña mostrándole las semillas.

—Y eso para qué sirve —preguntó el coyote.

—Ay, comadre, no te digo, el dinero sirve para comprar muchas cosas. Como lo encontré no podía ir contigo, pero en cuanto terminara de juntarlo regresaría para que juntos compráramos quesos en aquella casa donde habitan los hombres. Tenemos tanto dinero que podemos comprar suficiente comida como para hartarnos.

El coyote se quedó observándolo, tentado por la propuesta. Finalmente aceptó sentarse junto al tlacuache para ayudarlo a contar las semillas.

—En verdad es mucho dinero —dijo el coyote—. Pero no veo cómo llegaremos a esa casa.

—Es fácil, compadre. Lo conseguiremos al dar un salto —contestó el tlacuache

—Me parece muy alto como para llegar de un salto, tal vez me quieres engañar de nuevo. Mejor te como en este instante.

—No, compadre, por favor. Fíjate, para que te convenzas de que no quiero engañarte, los dos saltaremos juntos, al mismo tiempo y agarrados de las manos; así no creerás que me voy a quedar aquí arriba o que si salto primero me escaparé, ¿estás de acuerdo?

—De acuerdo, tlacuache, saltaremos juntos.

Mientras el coyote recogía todas las semillas, el tlacuache aprovechaba la distracción para encajar su cola en una grieta, sin que el otro se diera cuenta.

—Preparémonos —ordenó el coyote cuando terminó de juntar todas las semillas.

Los dos se pararon en el borde de la peña, se tomaron de las manos y… Cuando el coyote dijo: ¡ya!, el tlacuache saltó, pero casi no se movió de su sitio, pues tenía su cola encajada en la tierra.

El pobre coyote dio un gran brinco y cayó al vacío; pero la luna, quien era testiga de las trampas del tlacuache y de la inocencia del coyote, lo rescató. Ni el mismo tlacuache se explicó cómo fue salvado su compadre, cuenta la gente que todavía se le puede ver ahí en la luna, parado y con la boca abierta.

La serpiente multicolor

erca de estas tierras, hace bastante tiempo hubo una serpiente de cascabel con hermosos y brillantes colores. Para avanzar arrastraba su cuerpo como una víbora cualquiera, pero lo que la hacía distinta a las demás era su enorme tamaño y su cola que era de manantial, una cola de agua transparente.

Sssh sssh... serpenteaba al avanzar. Sssh sssh... serpiente de colores que va feliz recorriendo la tie-

rra. Sssh sssh... serie de colores, era su cuerpo un arco iris jugando con el viento.

Dicen los que la vieron que donde pasaba dejaba algún bien, alguna alegría sobre la tierra; luego, se alejaba moviendo su cola en señal de felicidad.

Sssh sssh... sesgaba montes y llanos, a las plantas las regaba de fertilidad. Sssh sssh... servil en montes y llanos, daba de beber a los animales. Sssh sssh... sedientos montes y llanos, ella mojaba los árboles, el pasto y las flores silvestres. Sssh sssh... señal de bondad que recorre el mundo contenta de hacer el bien y llevar tanta alegría a todos.

Esa serpiente con su cola de agua provee a todos de lo necesario para vivir en paz. Gracias a ella los hombres tenían comida, se regocijaban de la sombra de los árboles, del fulgor de las flores y del campo. Pero un día los hombres pelearon por primera vez, y la serpiente muy enojada se fue y con ella todas sus bondades. La sequía se apoderó de todo cuanto había, murieron los pájaros y las flores; los ríos sin asomar siquiera un hilillo de agua; los hombres ya no tuvieron maíz. Luego se apaciguó todo y los hombres dejaron de pelear, entonces la serpiente volvió a aparecer: se acabó la sequía, florecieron los campos, nacieron los frutos y el hombre aprendió a cantar.

Pasaron los días y los hombres olvidaron la paz, armaron una discusión tan grande que terminó en lo que ahora llaman guerra. Ésta duró años y años, fue cuando la serpiente desapareció para siempre.

Siguió pasando el tiempo y los hombres se alejaron unos de otros. Ya nunca dejaron de pelear y no ven a su vecino como a su propio hermano; por eso la serpiente sigue desilusionada. De vez en cuando sale desde el fondo de la tierra; al mover su cuerpo sacude todo, abre grietas para asomar la cabeza y constata que los hombres siguen sin ser hermanos. Sssh sssh... severa se aleja. Sssh sssh... sentimental ella se va. Sssh sssh… serena permanece en el fondo de la tierra. Sssh sssh... secretamente ella hace al suelo temblar. Sssh sssh… seguramente ella desaparecerá. Sssh sssh... Sssh sssh…

En busca del fuego

os huicholes siempre han cultivado la tierra, criado ovejas y vacas. Una de sus características más notables es que quieren y respetan a los elementos de la naturaleza como si fueran familiares cercanos. Dicen que sus abuelos son el sol y el fuego; sus abuelas, la fertilidad, la luna y la tierra; sus tías, la lluvia y las tormentas; y sus hermanos mayores, el maíz y el peyote. Es por eso que quieren y respetan a la naturaleza, la valoran porque no siempre pueden disfru-

tar de todos los beneficios que ella otorga al hombre. Cuenta una historia que hace muchos años los huicholes no tenían el fuego y, por ello, su vida era muy triste y dura. En las noches de invierno, cuando el frío se tornaba más severo en todos los rincones de la sierra, los niños, los hombres, los ancianos y las mujeres sufrían mucho.

Las noches eran muy largas y el frío las presentaba como terribles pesadillas. Lo único que querían todos es que terminara el invierno; con la llegada del sol y sus caricias cálidas, retomarían la fuerza que tanto necesitaban para seguir vivos.

Tan angustiados los tenía la falta de calor que no pensaban en otra cosa, no podían ni cultivar la tierra, ni hacer artesanías, pues les faltaba energía y casi siempre se sentían enfermos.

Un día, en la aldea enemiga de los huicholes cayó un rayo que provocó un incendio bastante grande, el cual consumió muchos árboles. Esos aldeanos, debido a su desgracia, encontraron el fuego al que aprisionaron y no dejaron escapar; pues pensaban que si ellos solos habían padecido el incendio, también solos disfrutarían del fuego. Para conservar la fogata tuvieron que cortar otro tanto de árboles, con estos saciaron el hambre del fuego, pues se dieron cuenta que él, para seguir vivo, necesita comer y comer.

Como sabían que los huicholes estaban en busca del fuego, acordaron una manera para evitar que pudieran robarles tan grandioso tesoro, así que organizaron un poderoso ejército que mantenía guardianes de día y de noche.

Los huicholes hicieron varios intentos por obtener un poco de ese fuego, pero muchos murieron atravesados por las flechas de los enemigos; otros cayeron prisioneros y en castigo fueron arrojados al fuego para seguir alimentándolo.

Los animales del lugar se enteraron de todo; el coyote, el venado, el armadillo, la iguana y el tlacuache discutieron toda la noche para idear una manera de ayudar a sus amigos los huicholes. Por la mañana tomaron la decisión de ir ellos mismos en busca de tan preciado elemento. Salieron uno por uno tras el fuego, pero al ser sorprendidos por los guardias, murieron sin lograr su propósito. Sólo quedó el tlacuache que decidido a ayudar a sus amigos, pensó mucho rato otra estrategia que no le permitiera fallar. Se acercó lo más que pudo al campamento, luego se enroscó de tal forma que parecía una bola. Pasó siete días sin moverse, así consiguió que los guardianes se acostumbraran a verlo como parte del paisaje.

En esos días pudo observar todos los movimientos de los guardias, notó que casi siempre, con las primeras horas de la madrugada, aquellos hombres se dormían. El séptimo día aprovechó que sólo un soldado estaba despierto y se fue rodando muy lentamente hasta la hoguera, al llegar metió la cola que ya encendida iluminó el campamento, deprisa tomó con el hocico un pequeño tizón y se alejó corriendo.

A primera vista, el guardia creyó que la cola del tlacuache era un leño; pero cuando lo vio moverse tan rápidamente empezó la persecución.

—¡Detente, ladrón!— gritó el soldado.

Pero el tlacuache corría a gran velocidad. Millares de flechas surcaban el espacio y varias de ellas hirieron al generoso animal; éste, al verse moribundo, cogió una braza de tizón y la guardó en su marsupia, es decir, su bolsa. No obstante, los perseguidores lo alcanzaron y apagaron la flama que había formado su cola y lo arrojaron por un barranco.

Después se alejaron pregonando su victoria, mientras en el campamento sus compañeros danzaban alrededor del fuego.

—¡Nadie nos quitará el fuego! —gritaban eufóricos—. ¡Nadie tendrá fuego!, ¡nadie tendrá fuego!

Mientras tanto, el tlacuache recobró el sentido, se vio el cuerpo lleno de heridas y se arrastró

con dificultad hasta el lugar donde estaban los huicholes; allí, ante el asombro y la alegría de todos, depositó la brasa que guardaba en su bolsa.

—Éste es un regalo para ustedes, por ser un pueblo tan noble —murmuraba el tlacuache herido—. Sólo prometan que serán así siempre y enseñarán a sus hijos y a los hijos de sus hijos a querer y cuidar a la naturaleza.

Los asombrados huicholes prometieron cumplir con todo lo que el tlacuache les pedía y rápidamente levantaron una hoguera que cubrieron con zacate seco y ramas secas de los árboles. Después curaron a su buen amigo el tlacuache y bailaron felices toda la noche.

La historia de cómo le crecieron las orejas al conejo

na vez el conejo estaba viendo su sombra y notó que era muy pequeña. Entonces se sintió inconforme y decidió ir con el gran Dios para exponerle su caso y pedirle que lo hiciera más grande.

Emprendió el viaje y después de mucho andar llegó a la casa del gran Dios; tocó muy fuerte la puerta, al poco rato le abrió un ayudante que le preguntó:

—¿Conejo, qué es lo que te orilló a venir?

El conejo, muy emocionado por estar tan próximo al gran Creador, le respondió al ayudante:

—Vengo a ver al gran Dios para pedirle que me haga más grande.

—Espera un momento, voy a avisarle.

El ayudante fue a donde estaba el gran Señor y le avisó:

—Mi señor, allí está el conejo, viene para que lo hagas más grande. ¿Qué es lo que respondes?

—El conejo es muy travieso, le gusta andar saltando de aquí para allá y de allá para acá; si lo hago más grande seguro no podrá correr con tanta agilidad, sobre todo no podrá caber en los pequeños hoyos y huecos para esconderse de sus enemigos. Pero bueno, que venga ante mí para hacerle comprender esto.

El ayudante salió a comunicarle al conejo que Dios lo recibiría. Luego lo encaminó por un enorme pasillo que lo conduciría adonde se encontraba el Señor, cuando llegaron éste le indicó que pasara, en seguida le comentó:

—Así que vienes a que te haga más grande.

—Sí, yo no estoy conforme siendo tan pequeño.

—¿Y no has pensado que ya no podrás correr ni esconderte tan fácilmente?

—Sí, lo he pensado, pero aun así quiero ser más grande.

—Bueno, entonces te haré más grande, sólo que con una condición. Tráeme noventa monos que sepan bailar y tendrás lo que quieres.

El conejo se puso muy contento, pensaba que sería muy fácil juntar a los monos y enseñarles a bailar. Así que se fue, y en el camino encontró un tambor y aprendió a tocarlo; luego juntó muchos plátanos y les comunicó a los monos que haría una fiesta en su casa, todos ellos quedaron invitados. Llegaron a la hora señalada, se veían muy complacidos, pues había tal manjar de plátanos que ellos no podían dejar de comer. El conejo tocó tan bien el tambor que los monos de tan contentos se pusieron a bailar.

Al final de la fiesta les dijo que al día siguiente habría otra en la casa del gran Dios, y que para entrar allí necesitarían llegar bailando; y no sólo plátanos iban a encontrar, sino deliciosas frutas nunca antes vistas. Todos los monos asistieron a la cita; así que el conejo consiguió a los noventa monos quienes llegaron bailando uno tras otro.

"Así que no sólo es ágil el conejo, también es astuto", pensó el gran Dios.

—¿Pero no te das cuenta, conejo, que perderás tu agilidad?

—Gran Dios, yo cumplí con mi parte, ahora cumple tú.

—Es verdad, me diste una gran lección, ahora yo te daré otra.

El gran Dios le pidió a su ayudante que tomara al conejo de las patas, y él lo tomó de las orejas.

—Ahí sosténlo tú, yo le jalaré las orejas.

Y el conejo quedó con unas orejas muy grandes.

—¿Ahora ya estás complacido? —le preguntó el gran Dios.

Cuando el conejo vio su sombra reflejarse, notó que era más grande y le agradeció al gran Dios. Luego se fue muy contento a saltar por todo el monte; el Dios al mirarlo pensó que de esa manera el conejo no perdería su gracia y movimientos rápidos, y estaría satisfecho de sentirse grande.

Uus, el cazador de pájaros

Había una vez un niño llamado Uus al que le gustaba mucho ir tras los pájaros para atraparlos. Un día salió muy temprano de su casa sin que su madre se diera cuenta y fue a atrapar aves; caminó tanto que llegó hasta la salida del pueblo, donde comenzaba un lugar selvático.

A la orilla de ese lugar vio un hermoso pájaro con plumaje de diversos colores, se acercó con cuidado hasta donde se encontraba el ave y muy len-

tamente dirigió su arco para lanzarle una flecha que lo derribara, pero el pájaro se percató de su presencia y voló hasta posarse un poco más adelante.

Nuevamente se acercó Uus con cuidado, apuntando con su flecha, y cuando la tuvo de nuevo cerca, el ave volvió a volar y el niño corrió tras ella. Por tercera vez se acercó Uus al pájaro y cuando iba a tirar de nuevo la flecha, el ave levantó el vuelo dirigiéndose esta vez muy lejos; pero él, que era muy testarudo no paró hasta encontrarla.

De esta manera el niño se alejó mucho de su pueblo sin darse cuenta. Él seguía al pájaro que se había posado en un árbol de más de cinco metros de altura, del cual ya no se movió.

Uus se sentó a esperar que el pájaro volara a otro lugar, donde le fuera más fácil cazarlo, pero el ave siguió sin moverse. Pronto la noche comenzó a caer en la selva. Al verse entre la oscuridad el niño quiso regresar pero estaba perdido, ni siquiera se había fijado por dónde había caminado mientras perseguía al pájaro. "La noche es más oscura aquí en la selva", pensó; el miedo se apoderó de él cuando vio cientos de ojos acechándolo, decidió correr y, según él, salvar su vida. Corrió tan velozmente que pronto se sintió fatigado, cuando se detuvo a descansar, descubrió unos ojos rojos como

llamas que lo miraban; y corrió hasta que le faltó el aliento.

Como estaba perdido, no sabía si cada vez se alejaba más o se acercaba a su pueblo. Tampoco sabía si aquellos ojos que lo seguían eran de algún felino salvaje o de algún animal al que él podía enfrentar. ¿Cómo saberlo si en esa oscuridad sólo encontraba la mirada de aquel ser? Su propio miedo le impedía tomar alguna decisión. Después llegó a la conclusión de que aquellos ojos no eran los de un animal de cuatro patas, pues lo mismo los veía cerca del suelo que en las copas de los arboles, pensó que seguramente se trataba de algún pájaro. ¡Lo perseguía un pájaro, igual que él lo había hecho! Se quedó pensativo cuando de repente vio a esos ojos rojos moverse como si estuvieran dentro de un remolino, luego cayeron hasta sus pies. Ahí pudo ver claramente al pájaro de hermoso plumaje que lo cuestionaba:

—¿Cómo te sientes ahora que tú eres el perseguido? ¿Te agrada?

—No, por supuesto que no — contestó Uus.

—Pues parecías muy valiente apuntándome con tu arco.

El niño no supo qué contestar, se sintió muy apenado por sus acciones y se dio cuenta de que el pájaro tenía razón. A Uus no le importó lo que sentía el pájaro al ser perseguido, tampoco le importó capturar o herir a otras aves.

—Es verdad —dijo el niño—, sin duda he cometido faltas muy graves.

—Sí, y por eso vivirás siempre entre todos los animales de la selva —le anunció el pájaro.

—¿Cómo puede ser eso?, yo pertenezco al mundo de los hombres.

—Los animales pertenecen al mundo de los animales; sin embargo, nos cazan, nos atrapan y nos venden como si no importara lo que nosotros sentimos. A veces los de tu mundo matan a nuestras crías o a nuestros padres, ¿por qué ahora yo debo compadecerme de ti?

—No tengo nada que decir ante lo que expones, sólo ofrecerte disculpas y aclararte que yo nada puedo hacer.

—Ahora tú eres un niño, pero piensa que los niños serán hombres y harán leyes que protejan a los animales. Regresa y enséñales a los demás niños a cuidar el medio ambiente y a respetar todas las formas de vida.

El niño pudo regresar a su pueblo con la ayuda de aquel pájaro; y ya no volvió a matar ningún animal, al contrario, aprendió a quererlos y a respetarlos.

PARTE
II

El gran fruto

l niño subió al árbol y cortó una deliciosa guayaba para darle a su hermanita, pero otras colgaban de la punta de una rama a la que él no podía subir, pues estaba muy alta.

Sin embargo, la niña insistía en obtener un fruto de aquella rama tan alta.

—No la alcanzo —decía el niño.

—Sube más, sólo cortaste una —insistía su hermana.

—Mejor vámonos, ya es tarde. Entre los dos nos come…

Y en eso volteó para ver que su hermana se llevaba a la boca el último pedazo de fruta. Tuvo la intención de regañar a su hermanita cuando vio que fuertes ráfagas de viento sacudían las hojas de los árboles y a ellos los empujaban con violencia.

El niño tomó de la mano a su hermana y comenzaron a correr lo más rápido que podían.

—Oye, ¿nos alcanzará el huracán? —preguntó la niña.

—No lo sé. Corre deprisa, ya nos falta poco para llegar a la aldea.

El viento los vio alejarse mientras pensaba que él sí obtendría ese delicioso fruto que el hijo del hombre no había podido cortar. Se imaginaba lo delicioso del fruto, tan emocionado estaba que subía y bajaba del aromático árbol hasta que por fin le dijo:

—¡Despierta, árbol! He venido a que me des tus frutos.

—No te daré nada —replicó el árbol—, tú no eres al que le corresponde alimentarse de mis frutos.

El viento, descontento se alejó y después apareció el sol que saludó al árbol.

—¿Cómo estás, hermoso árbol?

—Abuelo, —respondió el árbol—, te estaba esperando para que me dieras la fuerza que necesito para madurar mis frutos.

—Bueno, en estos días te daré el calor con mis rayos y verás crecer a tus verdes hojas.

—Abuelo, permite que mi fruto comience verde para que no se olvide de sus hermanas las hojas, después conviértelo poco a poco hasta que tenga un color amarillo como el de tu cara; luego dale una carne rosa como los tonos que tienes tú al amanecer, y déjale pequeñas manchas que me recuerden tus últimos destellos por las tardes. El sol escuchó complacido y se quedó acompañando al árbol un buen rato.

Después llegó la lluvia y saludó al árbol de guayaba mojando todas sus hojas y sus frutos.

—Qué bueno que llegas —comentó el árbol—, tenía mucha sed y mis frutos estaban tristes.

—Por eso estoy aquí, para adentrarme en ti y provocar que tu savia te recorra y puedas alimentar tus frutos.

La lluvia, después de complacer los deseos del árbol, desapareció. .

—Sólo me falta preguntarle al tiempo qué me depara el destino día a día.

El tiempo, que vive en todos los lugares y en todas las cosas, supo inmediatamente de las dudas del árbol de guayabas. Así que se presentó para hablar con él.

—Árbol —dijo el tiempo—, conozco tus dudas. Ahora te voy a explicar tu destino. Mientras vivas, tus frutos darán sustento a los hombres y algunos animales, luego tocarán la tierra y se hundirán poco a poco en terrenos profundos, pasados muchos días, surgirá de la tierra una ramita que se transformará en un nuevo árbol.

Cuando acabó de hablar el tiempo, los frutos soñaron que sus semillas se movían ansiosas por convertirse en un nuevo árbol. ☽

El origen
del henequén

ace muchos, muchos años, existieron trece dioses mayas muy poderosos, pero había un peligro del que, llegado el momento, ellos no se podrían proteger; pues sabían que un día llegaría Xulab, llamado también el "Destructor"; él, con su gran poder y magia, provocaría que todos quedaran ciegos y provocaría que la tierra se durmiera sin que nadie pudiera hacer algo para evitarlo.

Y así fue, cuando Xulab llegó, tomó presos a

los dioses, abofeteó y escupió sus rostros, luego rompió sus cabezas y les extrajo el corazón. Además, se apoderó de la gran serpiente divina Kukulkán, la hizo polvo para luego mezclarla con los corazones de los dioses, le agregó también múltiples semillas, frijoles triturados y plumas verdes. Estaba muy contento por haber triunfado cuando de repente lo sorprendió un ser más listo que él, Hackakyum, quien era el creador de los cielos, de las estrellas y de los hombres. Con engaños Hackakyum logró recuperar todo lo destruido. Deprisa lo envolvió y escapó con el bulto mientras el Destructor intentaba derribarlo con sus flechas. El astuto Hackakyum se sintió herido y sin fuerza para seguir adelante, y cuando Xulab estaba a punto de darle alcance, el otro huyó al mar azul y se enterró en la arena. Pero el mal que Xulab buscaba también fue para él, pues al robar la serpiente divina dejó de existir el cielo; y la tierra quedó hundida en tinieblas.

El Destructor estaba muy enojado por su fracaso, entonces trató de acabar con todo lo que se encontraba a su paso. Su furia provocó que lloviera fuego y cenizas, él mismo tiró los árboles y mató a los animales. Después de muchos días se serenó un poco y regresó a su lugar de origen, un lugar misterioso que sólo él conocía.

La destrucción había terminado, y sorpresivamente surgieron del mar las semillas y los corazones de los dioses, que se transformaron en una planta con forma de estrella; las flechas que hirieron a Hackakyum se convirtieron en espinas; todo el envoltorio quedó oculto en el corazón de la planta; las hojas tomaron el color verde de las plumas. Cuando la estrella espinosa y verde terminó de formarse, la tierra despertó y los trece dioses recuperaron la vida, pero lloraron al saber que sus corazones estarían cautivos en el centro de la planta. Tenían que esperar mucho tiempo hasta que alguien noble los rescatara.

Un día, cuando la tierra ya estaba poblada, Zamná —guía del pueblo maya de los itzaes, sumo sacerdote y notable médico— salió al campo para buscar hierbas curativas, en su paseo encontró una planta que no conocía, Zamná se acercó a ella pero la planta le hirió la mano con sus espinas. Uno de los estudiantes que lo acompañaban, deseoso de vengar al anciano sabio, cortó la hoja causante del daño y la golpeó, repentinamente apareció un manojo de fibras blancas.

Para Zamná todas las cosas tenían una profunda significación, y al ver lo ocurrido le dijo a su pueblo:

—La vida nace en compañía del dolor, origen

de todo bien en la Tierra. A través de una herida se nos ha revelado la existencia de una planta que será de gran utilidad para nosotros, el mundo maya.

La profecía del sabio se cumplió cuando de aquellas fibras los mayas obtuvieron innumerables beneficios. 🌿

La diosa del maíz

uan vivía con su mamá que era viuda, y desde que el padre de Juan murió, la mujer trabajaba todo el día pero ni así les alcanzaba para comer. Cuando Juan cumplió 12 años, su madre le indicó que tenía que ayudarla con los gastos de la casa, a pesar de que era bien sabido que toda la región se encontraba en época de escasez, y en ninguna parte se podía conseguir maíz.

Juan decidió ir a otros poblados en busca de

maíz, caminó muchos días por el monte hasta llegar a poblaciones lejanas donde tampoco fue posible encontrar tan preciado alimento. Una tarde, en que Juan caminaba por un valle, vio a lo lejos una columna de humo e inmediatamente se dirigió hacia ese lugar. Creyó que sería una choza pero al acercarse más encontró a tres hombres que tostaban maíz, Juan les preguntó:

—Disculpen, ¿dónde consiguieron maíz?

—Lo traemos de muy lejos, lo cambiamos por algunas mercancías —respondió uno de los hombres.

—Pero, díganme, ¿dónde está ese lugar?

—Ya te dijimos que muy lejos, si quieres que te llevemos primero muéstranos las mercancías que tienes para negociar.

—No tengo nada, pero puedo regresar a mi pueblo y traer algunas cosas.

—Muy bien, trae escobas de popote, ocotes, obsidiana o lo que tengas, nosotros te llevaremos adonde las podrás cambiar y conseguir maíz.

—Bueno —dijo el muchacho—, regreso pasado mañana con ustedes y podremos partir.

Cuando el joven regresó a su casa contó a su madre lo sucedido, los dos se pusieron muy apurados a hacer escobas de popote y a juntar algunas piedras de obsidiana que tenían guardadas. Al otro día, de madrugada la mujer despertó a su hijo para que se fuera a vender.

—Juan, ya es hora, arregla ya tu carga si de veras quieres ir.

Antes de que terminara de decir esto su madre, Juan se levantó rápidamente, juntó las escobas y las amarró por ambos lados dejando suficiente lazo para poder cargarlas, luego se echó el bulto a la espalda y el lazo lo pasó por la frente para no sentir tan pesada aquella carga. Salió antes que el sol y con sus pasos apresurados, que más bien parecían brinquitos, atravesó el monte para encontrarse con los hombres que prometieron llevarlo.

En todo el camino no se detuvo ni para tomar agua, cerca de las dos de la tarde por fin los encontró en el lugar de la cita.

—Aquí estoy, dispuesto a viajar.

—No te apresures, muchacho. Tú eres muy joven por eso no sientes el cansancio, pero nosotros ya somos viejos, así que partiremos mañana muy temprano, toda esta tarde será para descansar.

Por la noche hicieron una fogata y tostaron maíz para cenar, Juan saboreó el alimento que desde varios días atrás no probaba. Después todos se acostaron a dormir, pero a media noche el joven se despertó, miró alrededor y ya no estaban sus

compañeros; miró hacia donde estaba su mercancía, ¡ya no tenía nada, lo habían robado! Le quitaron todo y simplemente habían seguido su camino, "¡ladrones!" repetía Juan sin saber qué hacer. Esperó a que amaneciera y decidió buscarlos, él sabía que así no debía llegar a la casa de su madre quien tanta ilusión tenía de que llevara el maíz. Tomó un camino que subía a un cerro y cuando llegó a la cumbre, se encontró con un pueblo donde tal vez habría maíz.

Al anochecer llegó cerca de las casas pero tal era su cansancio que decidió quedarse a dormir ahí y al día siguiente continuar. Al otro día tocó en la puerta de una casa, se asomó una mujer que le preguntó:

—¿Tú no eres de aquí, verdad? ¿De dónde vienes?

—Vengo de muy lejos.

—¿Y en qué podemos servirte?

—Busco un lugar donde pueda obtener maíz. ¿Tú sabes dónde hay?

—Aquí no hay mucho —dijo ella. Luego fue a la cocina y trajo maíz tostado y una jícara con Xokuatol que es una bebida refrescante preparada con maíz.

—Bebe y come —continuó—, se ve que has estado muchos días fuera de tu casa. El joven no respondió nada, seguía comiendo lo que la mujer le había obsequiado. Después de un largo silencio, ella le dijo:

—¿De veras quieres maíz?

—Sí, lo necesito para mí y para mi madre.

—Bueno, entonces te lo voy a dar. Pero tienes que hacer todo lo que yo te diga.

La mujer llamó a sus tres hijas y les preguntó si alguna querría ser la esposa de ese joven. Las tres lo miraron y una de ellas pensó que tal vez sería un buen marido. La joven aceptó ser la esposa e irse con él.

Está bien —asentó la mujer—. Esta hija mía será tu esposa, ve y preséntasela a tu madre, luego vengan los dos para preparar la boda. Sólo te pido que le digas a tu madre que en el lugar donde mi hija pase la noche debe estar bien barrido; si ella la protege y cuida bien, en cinco días ustedes tendrán mucho maíz, ya que mi hija ha nacido de él y es una diosa del maíz.

—Así lo haré —aseguró Juan.

Después de un largo camino llegaron a la casa de Juan, éste le explicó todo a su madre y ella supuso que Tonanzin le había dado a una de sus hijas.

—Madre, esa mujer me pidió que cuidaras de su hija, luego iremos para los preparativos de la boda. Tienes que barrer muy bien donde ella duerma.

La madre recibió a su futura nuera, muy apenada se disculpó por no tener qué ofrecerle de comer.

—No se preocupe, yo no tengo hambre —aclaró la joven—, aquí traigo bastantes tortillas para ustedes.

Juan y su madre limpiaron el lugar donde se iba a quedar la joven, cuando terminaron ambos quedaron muy agotados, por lo que su sueño fue largo y placentero. Al día siguiente madre e hijo no podían creer lo que veían: el patio estaba lleno de mazorcas.

—Ahora hagan el nixtamal para preparar tortillas y tamales —les dijo la joven.

Ambos prepararon una comida para festejar y al otro día, por segunda vez la casa estaba cubierta de maíz. Al ver eso, Juan creyó que era el momento de cultivarlo. La joven le recordó que tenía que esperar cinco días, pero Juan le replicó:

—Ya no puedo esperar más, tengo el suficiente maíz para trabajar.

Entonces fue a conseguir peones que lo ayudaran. Al amanecer, cuando todo estaba listo para empezar a trabajar, sorprendidos se percataron que no había maíz por ninguna parte y que la muchacha había desaparecido. Juan no sabía qué hacer, su madre le recomendó que fuera a ver nuevamente a Tonanzin y le pidiera perdón. Cuando el jo-

ven llegó a la casa de Tonanzin, ella no quiso escucharlo, únicamente le dijo:

—Te pedí que esperaras cinco días y que cuidaras a mi hija y al maíz.

Juan se acercó y le imploró que lo perdonara; Tonanzin, un tanto conmovida, le respondió que hubiera podido tener cuanto maíz quisiera, pero como la había desobedecido, ella sólo le daría una mazorca para que cultivara la tierra. Y así, lo único que obtuvo Juan fue el maíz que nacía de su trabajo.

El origen
del cacahuate

os padres de Ueliyoj murieron cuando él era muy pequeño, por lo que su abuela se hizo cargo de él. Pasaron un tiempo juntos, pero la vejez la obligó a pedirle que se marchara, que buscara su propio destino. Ella le explicó que si se quedaban ahí, los dos morirían de hambre; pues era un lugar en el que no podrían conseguir sustento para ambos.

Y así lo hizo, Ueliyoj se marchó a lejanas tie-

rras, conoció lugares insólitos pero ninguna parte le gustaba para quedarse. Hasta que un día llegó a un rancho donde vivían una pareja de ancianos, Atlácatl y Acóatl, con su hermosa hija Ameyali, quien era tan joven como él.

El lugar le pareció a Ueliyoj bellísimo, era tan diferente a los otros sitios que había conocido, pensó que era el mejor lugar para vivir y trabajar. Así que se decidió a pedirle trabajo a Atlácatl y éste le respondió:

—Si logras deshierbar mis tierras, tendrás el trabajo y podrás vivir aquí, te daré de plazo sólo este día, pero si no lo haces —sentenció el anciano—, ¡te arrepentirás!

El muchacho quedó muy sorprendido ante la amenaza, más aún cuando vio en la mirada de Atlácatl un brillo lleno de maldad. De inmediato aceptó por temor a sufrir algún daño.

Como era muy temprano se puso a trabajar para aprovechar todo el día y cumplir con el plazo que le había dado el viejo. Sacó su machete y comenzó a cortar la hierba pero por más que lo intentaba era imposible, no pudo cortar ni una rama, luego intentó con las manos y tampoco logró cortar nada. En ese momento sintió que lo mejor era irse, pero había en el aire como una cortina de hierro que le impedía avanzar. A media mañana llegó por ahí la hija del anciano, quien al verlo tan angustiado le preguntó qué ocurría.

—No puedo cortar la hierba y estoy agotado —contestó Ueliyoj—. Este terreno debe tener algún hechizo pues de nada me han servido ni el machete ni mis manos.

Ameyali compadeció al muchacho y no pudo evitar sentir ternura por él, así que decidió contarle la verdad. Ella era hija de un par de monstruos que planeaban comérselo, la muchacha había escuchado cuando sus padres decían que el olor del joven era el de un fruto desconocido y delicioso, y que seguramente su sabor sería exquisito; por eso ellos querían probarlo. Cuando Ueliyoj supo lo que pasaba quiso huir pero la joven lo detuvo.

—Espera, no te preocupes, mientras yo esté a tu lado mi padre no podrá hacerte ningún daño. Ven, come estos manjares.

Comió tan exquisitamente como nunca antes lo había hecho. Ameyali le hacía sentir confianza y tranquilidad, con ella le parecía la vida maravillosa. Después de un rato Ueliyoj se quedó dormido y cuando despertó, su sorpresa fue muy grande al ver que la hierba estaba cortada y el terreno limpio. En seguida la joven le dijo:

—Ahora me voy, pronto vendrá mi padre para ver lo que has hecho, cuando llegue, finge estar trabajando y no le digas que yo te ayudé.

Al final del día llegó Atlácatl, quien quedó sorprendido de que el joven hubiera podido cortar toda la hierba. "¿Será posible que éste sea más listo que yo?", se preguntaba.

A pesar de sus deseos el anciano tuvo que cumplir con su palabra, le dio el trabajo y lo llevó a su casa confiado de que pronto hallaría la forma de comérselo.

Al día siguiente, el viejo lo despertó temprano y le ordenó:

—Corta todos los árboles que hay en mi terreno con esta hacha, cuando yo pase no quiero ver de pie ni uno solo, pobre de ti si no lo haces.

Dicho esto se dio la vuelta dando una terrible carcajada. El terreno estaba lleno de árboles con troncos muy gruesos y macizos. Ueliyoj pasó la mañana golpeando los troncos, pero fue en vano, otra vez no conseguía hacer lo que le ordenaba Atlácatl. Muy preocupado pensó que si Ameyali no lo ayudaba su fin sería inminente, en ese momento se apareció la hija de los monstruos. Ella volvió a confortarlo, le dio de comer y él nuevamente se quedó dormido para luego despertar y ver con gusto que no había ni un solo árbol de pie en el

terreno. No quiso preguntarle cómo lo había hecho, comprendió que la bella joven lo protegía porque lo amaba, tanto como él la amaba a ella.

En efecto, Ameyali descubrió que estaba enamorada de Ueliyoj, el aroma frutal del joven la atraía muchísimo.

Cuando Atlácatl llegó al terreno, por segunda vez se admiró de lo que el joven había hecho, no podía creer que Ueliyoj tuviera más poderes que él. Por eso comenzó a sospechar de que alguien le había ayudado y decidió ponerle una trampa para descubrirlo.

El trabajo siguiente consistía en limpiar el terreno de troncos y basura; además, tenía que tenerlo todo sembrado de maíz, y para descubrirlo le ordenó que las plantas tenían que crecer y dar su fruto ese mismo día.

Temeroso, Ueliyoj caminaba rumbo al terreno cuando se le apareció su amada y le dijo:

—Te comprendo, querido mío, sé que nadie puede hacer ese trabajo, yo creo que lo mejor será huir de mis padres.

Acordaron que Ueliyoj la esperaría en un lugar apartado, hasta que ella encontrara el momento adecuado para que escaparan de ahí.

Al primer descuido de sus padres, Ameyali fue en busca de Ueliyoj y le indicó:

—Sube a mi espalda, rápido, nos iremos volando; cuando mis padres noten nuestra ausencia se convertirán en el viento que todo lo destroza y nos perseguirán.

Y así fue, Atlácatl y Acóatl se pusieron furiosos al saber que su propia hija era quien ayudaba a Ueliyoj, y que además había huido con él. Los monstruos se convirtieron en el viento furioso y volaron causando estragos por donde iban.

Al sentir Ameyali que sus padres se aproximaban, descendió pero no encontró en dónde esconderse, así que le dijo a Ueliyoj:

—Es inútil seguir huyendo. Sólo nos queda una alternativa para poder salvarnos, y aunque nunca más seremos lo que ahora somos, estaremos juntos para siempre. ¿Aceptas renunciar a lo que eres para estar siempre a mi lado?

—Por supuesto, yo te amo y lo único que quiero es estar contigo —respondió Ueliyoj.

En ese mismo instante ella se transformó en una hermosa planta, era pequeña, pero muy frondosa y llena de pequeñas flores. A él lo convirtió en el fruto de esa planta, y para que sus padres no pudieran verlo, enterró el fruto en el suelo. Cuando Atlácatl y Acóatl pasaron volando por el lugar donde los enamorados se escondían, no sospecharon que ahí estaban los fugitivos. Al paso del tiempo esa planta se propagó por todas partes de esta tierra y cuando los hombres descubrieron aquel fruto de delicado sabor le llamaron cacahuate.

PARTE III

Tres diferentes destinos

l pueblo era muy pequeño, por eso todos sus habitantes se conocían y cuando había algo que festejar o algún duelo toda la gente acudía; así fue cuando en un mismo día nacieron tres niños: todos los vecinos llegaron para conocerlos. El chamán también acudió, complacido por el llamado de los padres, para hablar sobre el destino de cada uno de los bebés. Acerca del primero dijo que ese niño cuando llegara a ser un hombre moriría a causa de la

picadura de un alacrán. Al segundo lo atacaría un toro y también moriría. El tercero iba a morir en el momento que le cayera un relámpago. Los padres de cada uno de los niños quedaron muy tristes al saber que sus hijos estaban condenados a sufrir tal suerte, preguntaron al chamán si era posible hacer algo para cambiar el destino y él les contestó que sí.

—Deben enseñar a sus hijos a ser fuertes y a tener fe —aconsejó el chamán—, será mejor educarlos con una gran fortaleza de espíritu y enseñarles a vencer las adversidades que se les presenten a lo largo de su vida.

Y así lo hicieron los padres, o más bien eso intentaron al educar a esos niños. Al primer niño lo enseñaron a retirarse rápidamente cuando viera algo peligroso, si de casualidad encontraba en el camino algún animal ponzoñoso debía correr, de esa manera no se arriesgaría. Ese niño creció sin saber por qué debía huir casi de todo, cuando sus padres le explicaron la premonición del chamán, él se convirtió en un ser temeroso. Tanto era su miedo que se fue a buscar un pueblo donde no hubiera alacranes, y por fin llegó al lugar que buscaba.

—¿Acaso aquí no hay alacranes? —preguntó al llegar.

—Nosotros ni siquiera los conocemos, descrí-

benos cómo son —le pidieron los habitantes del pueblo.

—Bueno, traigan un poco de cera y moldearé uno.

Entonces modeló uno y lo puso en la tierra. La gente intrigada de que un animal tan pequeño pudiera matar a alguien se arremolinaba para verlo.

—¿Por dónde pica?

—Por la cola —contestó el hombre.

Todos estaban muy interesados y el hombre les explicaba más y más acerca de aquel terrible animal.

Una tarde, sus compañeros de trabajo le consiguieron veneno de víbora para que lo pusiera en el alacrán de cera, así ellos podrían conservar un ejemplar muy parecido al alacrán de verdad.

El hombre aceptó colocar el veneno en una de las tenazas y cuando lo estaba manipulando la tenaza se le encajó, poco después se sintió mareado y al rato murió.

Al segundo niño lo educaron de manera tal que no le tenía miedo a nada ni a nadie. Cuando creció dominaba a hombres y a fieras por igual, sentía que todo el mundo estaba a sus pies. Este hombre, alrededor de su casa, tenía corrales llenos de toros bravos que domaba perfectamente. Un día caminaba hacia un corral cuando vio un par de cuernos de toro tirados, él los pateó, pues tenía la costumbre de quitar las cosas de su paso a patadas, y en el momento en que lo hizo tropezó con ellos, sin poder evitarlo cayó al suelo y los cuernos se le encajaron en el corazón, el hombre murió inmediatamente.

El tercero siempre recordaba que sus padres le enseñaron a no ser nunca un cobarde, pero tampoco un bravucón. Él enfrentó las adversidades de su vida con valentía, venció sus miedos y respetó siempre a los demás. No huía de los rayos, aunque tampoco se exponía a que lo fulminaran; poco antes de que llegara la lluvia, pedía a Dios su protección y se encaminaba a su casa para guarecerse.

Nuca se supo si la premonición se cumplió, lo que sí se supo es que ese hombre vivió tranquilo consigo mismo.✯

La formación
de los ríos

lovía y llovía, todos
los días y todas las no-
ches, ni un instante
paraba aquella lluvia,
por eso fue que se hun-
dió el mundo. En ese entonces dos hombres se refu-
giaron en lo alto de un cerro, ahí estuvieron cien
días y cien noches, tiempo que duró aquel diluvio.

Cuando dejó de llover vieron que volaba un
tildio (pájaro café con el pecho blanco que tiene el
tamaño de las palomas), a él le solicitaron que fuera a ver si en algún lugar había tierra firme; el tildio

voló lo más que pudo, pero llegó con la noticia que en todos los sitios aún había mucha agua. Los hombres esperaron diez días más, justo en el décimo día pasó un cuervo al que preguntaron si ya había tierra firme, éste les contestó que no. Esperaron diez días más y vieron pasar una paloma, le preguntaron lo mismo que al tildío y al cuervo, ella contestó que no, era demasiada agua la que veía.

Después de tanto tiempo los hombres estaban desesperados, querían bajar ellos mismos a cerciorarse que no había tierra firme, cuando vieron pasar a una garza, ella les comunicó que todavía no había tierra firme, aunque sí se podía caminar sobre el cauce del agua. Entonces los hombres decidieron bajar y se percataron que efectivamente el nivel del agua ya había bajado; sin embargo, ellos no podrían vivir pisando el agua como lo hacía la garza.

A uno de ellos se le ocurrió que si tiraban algunos árboles y los colocaban formando canales, le darían cause al agua, pero el agotamiento provocaba que casi renunciaran a su tarea; hasta que los vio el dios del agua y por ser tan trabajadores los premió, en ese momento se formaron todos los ríos los cuales llevaron el agua hasta los mares. Desde entonces en el mundo hay tanto mares y ríos, como tierra firme. ❧

Tonanzin
y el Sol

uy temprano la diosa Tonanzin ensilló un burro, luego lo montó y se fue cabalgando; pero el animal que la diosa había escogido era un poco torpe, pues nunca antes había sido montado, por ello a ratos se negaba a avanzar y a ratos lo hacía muy despacio. Después de andar un rato, sobre la ribera de un río encontró a un joven descansando. Cuando Tonanzin pasó cerca del muchacho, éste se incorporó repentinamente, el burro

se asustó y la tiró, ella se levantó furiosa y le dijo al joven:

—¡Qué atrevimiento! ¿No te parece?

—¡Discúlpeme, yo le aseguro!... —intentó explicar el muchacho.

—¡No hay disculpas que valgan!, a partir de este momento serás un caimán, así no podrás levantarte nunca más.

El joven, antes de poder decir palabra, se convirtió en un enorme lagarto y Tonanzin dirigiéndose al burro dijo:

—Espero que ésta sea tu última torpeza.

El burro, después del susto, estuvo peor, no quería caminar, daba unos pasos y se quería echar. Así que Tonanzin tardó como dos días en regresar a su casa. Cuando llegó se sentó en el patio a descansar, volteó a ver al Sol y le dijo:

—Te regalo este burro, a ver si tú lo puedes montar —el Sol contento aceptó el regalo.

Ésa es la explicación de que haya día y noche; pues, según nuestros antepasados, el sol se va montado en su burro, se va y regresa lentamente antes del amanecer. ☼

Esta edición se imprimió en Agosto de 2002. Acabados Editoriales
Tauro. Margarita No 84, 09830 México, D.F.

SU OPINIÓN CUENTA

Nombre..

Dirección:

Calle y núm. exterior ....interior.................................

Colonia .... Delegación ....

C.P. .... Ciudad/Municipio ....

Estado... País ....

Ocupación .... Edad ....

Lugar de compra ....

Temas de interés:

❏ *Empresa*	❏ *Psicología*	❏ *Cuento de autor extranjero*
❏ *Superación profesional*	❏ *Psicología infantil*	❏ *Novela de autor extranjero*
❏ *Motivación*	❏ *Pareja*	❏ *Juegos*
❏ *Superación personal*	❏ *Cocina*	❏ *Acertijos*
❏ *New Age*	❏ *Literatura infantil*	❏ *Manualidades*
❏ *Esoterismo*	❏ *Literatura juvenil*	❏ *Humorismo*
❏ *Salud*	❏ *Cuento*	❏ *Frases célebres*
❏ *Belleza*	❏ *Novela*	❏ *Otros*

¿Cómo se enteró de la existencia del libro?

❏ *Punto de venta*	❏ *Revista*
❏ *Recomendación*	❏ *Radio*
❏ *Periódico*	❏ *Televisión*

Otros: ....

Sugerencias: _____

_____

_____

Cuentos de la tradición mexicana